곤살로 모우레 글

1951년 스페인 발렌시아에서 태어났습니다. 대학 졸업 후 16년 동안 신문기자와 라디오 프로듀서로 활동했으며, 1989년부터 어린이와 청소년을 위한 소설을 쓰기 시작했습니다. 『릴리, 자유Lili, libertad』로 1995년 바르코데바포르Barco de Vapor상을 받고, 『그따위 자전거는 필요 없어! A la Mierda la Bicicleta』로 1994년 하엔Jaen상을 받았습니다. 2002년에는 『토미를 위하여El Sindrome de Mozart』로 청소년 문학상인 그란 안굴라르Gran Angular상을 받고, 『안녕, 캐러멜 Palabras de Caramelo』로 스페인 천주교 아동 협의회에서 주최하는 명예리스트에 올랐습니다. 곤살로 모우레는 작품을 통해 아프리카 난민과 같은 사회적인 문제에 대해 관심을 기울이고 있으며 작품 속 화자와 주인공의 섬세한 감수성으로 높이 평가받고 있습니다. 지금은 바다와 가까운 스페인 북부 아스투리아스 지방의 작은 마을에서 어린이와 청소년을 위한 글을 쓰며 다양한 강의를 하고 있습니다.

알리시아 바렐라 그림

스페인 살라만카 대학에서 미술을 전공했습니다. 대학 마지막 1년은 에라스무스 장학금을 받고 파리국립고등미술학교에서 공부했습니다. 졸업 후에는 스페인에서 그래픽 디자이너로 일하다가 점차 일러스트레이터로 영역을 옮겼습니다. 지금은 스페인 히혼에서 살며 그림을 그리고 있습니다.

이순영 옮김

이순영은 도서출판 북극곰 대표이자 번역가입니다. 그동안 300여 권의 책을 만들었고, 80여 권의 책을 번역했습니다. 번역한 책은 『당신의 별자리』, 『안돼!』, 『공원을 헤엄치는 붉은 물고기』, 『똑똑해지는 약』, 『한밤의 정원사』, 『삶』, 『책 먹는 도깨비 얌얌이』, 『숲의 시간』 등이 있습니다.

북극곰 무지개 그림책 20

공원을 헤엄치는
붉은 물고기

2016년 6월 19일 초판 1쇄 ‖ 2025년 4월 29일 초판 11쇄

글 곤살로 모우레 ‖ 그림 알리시아 바렐라 ‖ 옮김 이순영
편집 이루리 ‖ 디자인 강해령 ‖ 마케팅 이상현, 신유정, 오창호
펴낸이 이순영 ‖ 펴낸곳 북극곰 ‖ 출판등록 2009년 6월 25일 (제 300-2009-73호)
주소 서울시 마포구 독막로 320 B106호 ‖ 전화 02-359-5220 ‖ 팩스 02-359-5221
이메일 bookgoodcome@gmail.com ‖ 홈페이지 www.bookgoodcome.com
ISBN 979-11-86797-31-0 07870 | 979-11-86797-70-9 (세트)

Original title : El arenque rojo
© Gonzalo Moure, 2012
© Alicia Varela, 2012
© Ediciones SM, 2012
Korean translation Copyright © 2016 by BookGoodCome
Korean edition published by arrangement with Ediciones SM through Agency One.
All rights reserved.

이 책의 한국어판 저작권은 에이전시 원을 통해 저작권자와 독점 계약한 북극곰에 있습니다.
저작권법에 의해 한국 내에서 보호를 받는 저작물이므로 무단 전재와 무단 복제를 금합니다.

제품명 : 도서 | 제조자명 : 북극곰 | 제조국명 : 대한민국 | 사용연령 : 3세 이상
주의! 책 모서리가 날카로우니, 던지거나 떨어뜨려 다치지 않도록 주의하세요.
잘못된 책은 구입한 곳에서 바꾸어 드립니다.

공원을 헤엄치는 붉은 물고기

곤살로 모우레 글　알리시아 바렐라 그림　이순영 옮김

공원을 헤엄치는 붉은 물고기

떨어진 꽃

 소년의 이름은 에밀리오예요. 에밀리오는 맨디라는 소녀를 좋아했지요. 하지만 에밀리오는 고백을 못 하고 늘 머뭇거리기만 했어요. 에밀리오와 맨디는 매일 공원에서 마주쳤어요. 맨디도 에밀리오를 좋아했어요. 아주 많이 좋아했지요. 하루는 맨디가 에밀리오에게 책을 한 권 선물로 주었어요. 그런데 에밀리오가 깜박하고 그 책을 공원 벤치에 두고 왔어요. 둘이 다시 찾으러 갔을 때 책은 이미 사라지고 없었어요. 맨디는 마음이 너무 상해서 에밀리오에게 다시는 보고 싶지 않다고 말했어요. 그날 밤 에밀리오는 잠을 이룰 수 없었지요. 다음 날 에밀리오는 맨디가 항상 오는 시간에 맞춰 공원으로 갔어요. 사과를 하고 싶었어요.

 맨디는 늘 앉던 벤치에 앉아 책을 읽고 있었어요. 에밀리오는 천천히 다가갔지만 어떻게 말을 걸어야 할지 몰라 주변을 맴돌았어요. 그때 잔디밭 한가운데 피어 있는 야생화가 눈에 들어왔어요. 에밀리오는 꽃을 따서 벤치로 다가갔지요.

　맨디는 에밀리오가 다가오는 걸 알면서도 쳐다보지 않았어요. 에밀리오가 꽃을 내밀었어요. 맨디는 무심한 표정으로 꽃을 받더니 바닥에 그냥 버렸어요. 그러곤 에밀리오를 완전히 무시한 채 다시 책으로 시선을 돌렸어요.

　에밀리오는 마음이 너무 아파서 죽을 것 같았어요. 눈물이 막 차올랐죠. 에밀리오는 아무 일 없는 듯 주머니에 손을 넣고 걷기 시작했어요. 눈물을 감추고 싶었지요. 조금 걷다가 뒤를 돌아보았어요. 혹시나 맨디가 쳐다봐 주지 않을까 하고요. 하지만 그런 일은 일어나지 않았어요. 맨디는 여전히 책을 보고 있었지요. 이제 맨디의 마음을 영영 되돌릴 수 없다고 생각했어요. 에밀리오는 그 자리를 떠났어요.

　그제야 맨디가 책에서 시선을 떼고 돌아보았어요. 에밀리오가 어깨를 늘어뜨리고 걸어가는 모습을 보았지요. 맨디는 잠깐 망설였어요. 그리고 바닥에 떨어진 꽃을 보았죠. 꽃을 다시 주웠어요. 맨디는 꽃을 들고 잠시 앉아 있다가 꽃을 코로 가져갔어요. 맨디는 벌떡 일어나 에밀리오를 따라갔어요! 에밀리오는 맨디가 뒤따라오는 걸 전혀 눈치채지 못했지요. 마침내 맨디는 에밀리오를 따라잡고 어깨를 톡톡 쳤어요. 에밀리오는 몸을 돌려 맨디를 바라보았어요. 맨디는 꽃을 건넸어요. 에밀리오는 맨디가 꽃을 되돌려 주는 이유를 몰랐어요. 그런데 에밀리오가 꽃을 받았는데도 맨디는 여전히 꽃을 놓지 않았어요. 두 사람은 함께 꽃을 들고 있었지요. 둘은 꽃을 잡은 손을 함께 내렸어요. 그리고 걷기 시작했지요. 두 사람은 그렇게 공원을 떠났어요.

갑자기 늙었다는 기분이 들다

그녀의 이름은 마그다에요. 마그다는 그다지 나이가 많지는 않았어요. 하지만 자녀들은 이미 집을 떠나 독립했고 남편과 사별한 지도 벌써 몇 년이 흘렀지요. 마그다는 장 볼 때를 빼곤 거의 외출을 하지 않았어요. 장 보러 갈 때도 공원을 가로질러 갈 수도 있지만 그러지 않았어요. 뛰노는 아이들을 보면 더 외로워지는 기분이 들기 때문이에요. 하물며 손을 잡고 산책하는 연인을 보면 마음이 더 울적해졌지요.

그래서 오늘도 공원 둘레길을 따라 걷고 있었어요. 마그다는 자신이 너무 늙어서 아무짝에도 쓸모가 없는 사람처럼 느껴졌어요. 그런데 갑자기 어지러워서 몸의 중심을 잃었어요. 마그다는 기둥에 기대어 주저앉고 말았지요. 일어날 수도 있었지만 굳이 그러지 않았어요. 자신이 너무 불쌍하게 느껴졌어요. 사람들은 마그다를 그냥 지나쳤어요. 출근하는 길이거나 뭔가 중요한 일이 있는 것처럼 보였어요. 사람들은 모두 바쁘게 인도를 걸어갔어요. 가로등에 기대어 앉아 있는 마그다를 잠깐 쳐다보고는 무심히 가던 길을 계속 갔지요. 그때 그 길로 모데스토가 걸어오고 있었어요. 모데스토는 마그다와 동갑이었어요. 하지만 모데스토는 여전히 활기가 넘쳐 보였어요. 은퇴한 후로 매일 아침 조깅을 했어요. 모데스토는 공원 둘레를 몇 바퀴 돌고 공원 벤치에 앉아 쉬곤 했어요.

모데스토는 공원 둘레길을 따라 조깅을 하고 있었어요. 이어폰을 끼고 젊었을 때 듣던 밴드 음악을 들으면서요. 모데스토가 40여 년 전에 따라 하던 밴드들이었어요. 모데스토는 한 밴드에서 드럼을 쳤고 제법 인기를 누렸지요. 그 당시엔 모데스토라는 이름이 아니고 '마디'라는 이름으로 불렸어요. 모데스토는 보통 땐 별로 주변을 보지 않고 걷는 편이에요. 아이들이 자신을 놀려도 그냥 무시했지요. 그런데 갑자기 눈앞에 마그다가 보였어요. 마그다가 가로등에 기대어 앉아 있었어요!

　모데스토는 마그다를 알고 있었어요. 어떻게 마그다를 모를 수 있겠어요? 마그다는 동네에서 가장 아름다운 아가씨였어요. 또래 청년들처럼 당시 '마디'도 마그다에게 푹 빠져있었지요. 공연할 때 객석에서 그녀를 몇 번 본 적이 있었어요. 마그다는 마디의 드럼 솔로 연주가 끝나면 늘 휘파람을 불며 환호해 주었어요. 마디에겐 마그다의 휘파람이 최고의 찬사였지요. 하지만 한 번도 마그다에게 다가갈 용기를 내지는 못했어요.

　그러다 마그다는 다른 사람과 결혼을 했어요. 그 즈음에 마디도 다른 도시로 이사했고 머리도 짧게 깎고 이름도 모데스토가 되었지요. 모데스토가 다시 이 도시에 돌아온 뒤 멀리서 길을 건너는 마그다를 본 적이 있었어요. 말은 건네 보지도 못했지요. 그런데 오늘 모데스토는 주저앉아 있는 마그다를 본 거예요.

　모데스토는 멈추려 했지만 용기가 나질 않아 그냥 지나쳐 버렸어요. 다섯 걸음. 누군가 그녀를 돌봐 주겠지. 열 걸음. 뒤를 한번 돌아봤어요. 스무 걸음. 이제 마그다는 멀리 있어요. 잘 보이지도 않아요. 아니라고요? 네! 모데스토가 다시 돌아서서 걷기 시작했어요. 모데스토가 마그다에게 다가갔어요. 모데스토는 허리를 굽혀 마그다의 손을 잡았어요. 그리고 괜찮냐고, 무슨 일이냐고 물었어요. 마그다는 모데스토의 부축을 받으며 일어났어요.

　물론 마그다에겐 모데스토가 아니라 마디예요. 오래전 알고 있던 긴 머리에 잘생긴 드러머 마디요. 마디가 마그다를 도와 일으켜 세웠어요. 마그다는 약간 어지러웠을 뿐이라고 말하며 일어났어요. 모데스토는 뭐라 해야 할지 몰라 그냥 잘 가라고 말해 버렸어요. 수줍은 모데스토는 마그다에게 여전히 아무 말도 못했어요.

　모데스토는 몸을 돌려 다시 조깅을 시작했어요. 그 순간 마그다에게 옛 추억이 스쳐 지나갔어요. 그동안 잊고 살았던, 모든 것들이 떠올랐어요. 모데스토가 다시 뛰어가는 모습을 바라보더니 마그다는 손을 입으로 가져갔어요. 마그다는 숨을 한껏 들이마시고, 잠깐 멈췄다가 온 힘을 다해 휘파람을 불었어요. 오래전 마디의 밴드가 공연할 때 했던 것처럼이요. 휘파람 소리를 듣고 마디가 뒤를 돌아봤어요. 마그다는 잠시 동안 멈춰 서 있다가 장바구니를 옆구리에 끼고 종종걸음으로 걷기 시작했어요. 이제 두 사람은 함께 달렸어요. 두 사람은 마주 보며 웃었어요. 자신들의 모습 때문에 웃고, 잃어버린 시간 때문에 웃고, 그냥 좋아서 웃었어요.

공중으로 떠오른 시인

라세는 예술적인 영감을 찾아 스페인에 온 스웨덴 청년이에요. 하지만 예술적인 영감을 찾는 일은 쉽지 않았지요. 스페인에 온 지 한 달이 지났지만, 여전히 찾지 못했답니다. 라세는 스페인어에도 익숙해져야 했고 도시의 활기에도 익숙해져야 했어요. 라세가 살던 곳은 겨울이면 하루에 한 시간 정도밖에 해가 나지 않았어요. 아주 고요한 세상이었지요.

라세는 우연히 공원에 왔어요. 처음부터 이 공원이 아주 맘에 들었어요. 어떤 사람이 플루트를 연주하고 있었어요. 새들도 아름답게 지저귀고 있었지요. 마치 플루트 연주에 맞춰 지저귀는 것 같았어요. 아이들 몇 명이 공을 차면서 가끔 크게 소리를 지르긴 했지만 그런 소리조차 유쾌하고 생동감이 느껴졌어요. 가끔 플루트 연주자가 섬세하고 작게 연주할 때는 잘 들리지 않아서 좀 아쉬웠지만요.

사람들은 조용히 산책했어요. 평화로운 기운이 공원 전체를 감싸고 있었지요. 라세는 사랑의 기운을 느꼈어요. 연인들 사이뿐만 아니라 멍한 표정으로 혼자 걷는 사람들한테도 사랑을 느낄 수 있었어요. 공원에서 전해지는 모든 생동감이 마침내 라세의 마음을 움직이기 시작했어요. 라세는 노트를 펼쳤어요. 처음으로 마음을 담은 뭔가를 쓸 수 있을 것 같았어요. 글을 쓰기 시작했어요. 자기가 말을 찾아다니는 것이 아니라 말이 자기에게 막 다가오는 것 같았어요. 생각하거나 지어낼 필요가 전혀 없었어요. 아름다운 시가 공원에서 라세를 기다리고 있었던 것 같았어요. 잔디밭에서는 싱그러운 풀 향기가 났어요. 다가오는 시를 적다 보니 마음이 점점 가벼워졌어요. 마치 자신이 공기가 된 기분이었지요. 플루트 소리나 새들의 노랫소리 혹은 아이들이 외치는 소리처럼요.

　그렇게 노트 위에 시를 옮겨 적는 동안 라세의 몸이 공중으로 떠올랐어요. 라세는 자신이 떠오르고 있다는 걸 느끼지도 못했어요. 공중으로 떠오르자 공원에서 나는 소리가 메아리처럼 들렸어요. 어떤 아이가 자기에게 팔을 뻗어 다가오고 있는 것도 몰랐어요. 아이는 라세의 발을 잡아서 팽이 끈을 발목에 묶어 주었어요. 공을 차던 아이들도 공을 내버려두고 놀란 눈으로 라세를 쳐다보았어요. 라세만 몰랐어요.

　팽이를 가지고 놀던 아이가 끈을 잡아당겨 라세를 내려 주었어요. 라세는 아이를 가까이서 보았지요. 둘은 그렇게 서로를 바라보았어요. 라세는 자기 몸이 공중에 떠 있다는 것을 모르는 것 같았어요. 라세는 자신이 쓰고 있는 시를 쳐다보고 있다고 생각했어요. 팽이를 가지고 노는 아이에 관한 시였거든요. 라세는 다시 땅으로 내려오자 노트에서 마지막 시를 쓴 페이지를 찢어 아이에게 건네주었어요.

꼬마 과학자

아르투로는 정말 총명한 꼬마예요. 나이에 비해 참 똑똑하지요. 아르투로의 부모님은 그런 사실을 알지 못해서 가끔 걱정할 때가 있었어요. 아르투로가 또래 아이들과 같이 놀지 않았기 때문이에요. 아르투로는 수학 문제를 풀거나 혼자 뭔가를 탐구하는 것을 좋아했어요.

최근에는 팽이의 회전운동에 부쩍 관심이 많아졌어요. 그래서 오늘은 부모님께 팽이를 하나 사 달라고 졸랐지요. 부모님은 아들이 처음으로 아이다운 행동을 한다고 생각해서 무척 기뻤어요. 하지만 사실은 전혀 그렇지 않았지요. 팽이가 회전하는 동안 아르투로는 주변에 다른 어떤 것도 쳐다보지 않으며 오로지 팽이의 운동에만 관심을 쏟고 있었어요. 팽이가 회전하면서 어떻게 흔들리는지를 지켜보고 있었지요. 머릿속으로는 지구의 세차운동과 연관된 수학 공식을 떠올리고 있었어요. 지축의 미동이나 오일러의 각도 같은 것들이요.

그런데 갑자기 누군가 아르투로의 시선을 사로잡았어요. 어떤 아저씨가 잔디밭에 앉아 뭔가를 쓰고 있었어요. 언뜻 보기에도 스페인 사람은 아니었어요. 아마도 북유럽이나 캐나다 북부 사람 같았어요. 피부색이 아주 창백했거든요.

아르투로가 처음 봤을 때 아저씨는 분명 잔디밭에 앉아 있었어요. 그런데 갑자기 아저씨 밑에서 빛이 보였어요. 빛이 흐른다는 것은 거기에 공기가 있다는 뜻이죠. 그리고 거기에 공기가 있다는 것은 엄밀히 말해 아저씨가 잔디밭 바로 위에 앉아 있는 것이 아니라 잔디보다 한참 위에 앉아 있다는 뜻이고요. 결국, 아저씨가 공중에 떠 있다는 거잖아요?

아르투로는 호기심이 생겨 아저씨를 유심히 지켜보았어요. 누구도 공기 위에 앉아 있을 순 없어요. 그런데 아저씨는 점점 더 높이 공중으로 떠올랐어요. 공중부양을 하는 것처럼요. 아르투로는 자기가 알고 있던 상식이 모두 무너지는 기분이었어요. 아르투로는 막 비명을 지르려다가 다른 생각이 떠올랐어요. 재미있다는 생각이요. 누군가 공중으로 떠오르는 상황 말이에요. 점점 더 높이 떠오르고 있었거든요. 그런데도 아저씨는 계속 뭔가를 쓰고 있었어요. 놀랍게도 자신이 공중으로 떠오르고 있다는 걸 전혀 깨닫지 못하는 것 같았어요. 아르투로는 팽이를 잊은 채 팽이 끈만 들고서 아저씨를 보고 있었어요. 오일러의 각과 회전운동을 조사하기 위해 관찰하던 팽이였지만 이젠 상관없었어요. 공중에 둥둥 떠 있는 아저씨가 훨씬 더 흥미로웠거든요.

빨리 어떻게 하지 않으면 아저씨는 점점 더 높이 떠올라 하늘로 사라질 것 같았어요. 아르투로의 마음속 과학자와 어린이 사이에서 갈등이 일어났어요. 하지만 공책에 뭔가를 적으면서 공중에 둥둥 떠 있는 사람을 보는 순간 과학자의 마음은 사라졌어요. 아르투로는 아저씨가 더 높이 떠오르기 전에 간신히 아저씨 발을 잡았어요. 신발을 잡았다는 표현이 더 정확할 거예요. 아무튼 아르투로는 아저씨의 발목에 팽이 끈을 묶었어요. 그랬더니 아저씨는 마치 공중에 떠 있는 풍선 같았어요. 아르투로가 사람 풍선을 들고 있는 거예요! 아르투로는 순간 그 사실이 과학적인 발견이라는 생각도 하지 않았지요. 그 마법 같은 순간에 과학은 모두 잊었답니다. 아르투로는 사람 풍선을 들고 걷기 시작했어요.

그러다 사람 풍선을 잡아당겨 땅으로 내려오게 했어요. 그제야 아저씨는 아르투로의 존재를 알아차렸어요. 아저씨는 공책의 마지막 장을 찢어 아르투로에게 건넸어요. 아르투로는 종이에 적힌 글을 읽었어요. 그건 바로 팽이를 가지고 노는 아이에 관한 시였어요.

골인!

　소년의 이름은 오마르예요. 오마르는 스페인에 온 지 얼마 되지 않았어요. 전에는 에콰도르에 있는 '임바부라'라는 산골 마을에 살았어요. 오마르는 7년 전에 아름다운 그곳에서 태어났어요. 아름답지만 가난한 마을이었지요. 오마르는 축구를 좋아해요. 매일 밤 축구하는 꿈을 꾼답니다. 그래서 엄마에게 축구공을 사 달라고 졸랐어요. 하지만, 엄마는 "안 돼! 너무 비싸." 했어요. 메시의 티셔츠를 사 달라고 졸라도 엄마는 "안 돼! 너무 비싸." 했지요. 축구 카드를 사 달라고 했을 때는 "그건 네가 공부를 열심히 하면 생각해 보마." 했어요.

　오마르는 맑은 날 오후에는 할머니랑 공원에 가요. 할머니도 임바부라에서 막 왔는데 오마르를 아주 많이 사랑했어요. 오마르도 할머니를 무척 좋아했어요. 할머니는 마음 같아선 오마르에게 축구공도 티셔츠도 카드도 심지어 축구화도 다 사 주고 싶었어요. 하지만 돈이 없었어요. 임바부라에서 할머니는 옷에 자수를 놓거나 스웨터를 짰어요. 스페인에 온 후에도 온 가족을 위해 스웨터를 짜고 있어요. 아빠랑 엄마 그리고 오마르 것도요. 다가올 겨울에 입을 스웨터지요.

오늘 오후에도 오마르는 어떤 형들이 편을 나눠서 공을 차는 모습을 부러운 마음으로 쳐다보고 있었어요. 형들은 골을 번갈아 넣어서 점수가 3:3이었어요. 오마르는 형들이 함께 공을 차자고 할 거라 믿으며 다가갔어요. 후보 선수라도 상관없었거든요. 그런데 형들은 오마르를 쳐다보지도 않았어요. 바로 코앞을 공을 몰고 지나가면서도 오마르를 전혀 보지 못했어요. 오마르는 경기가 잠깐 중단된 틈을 타 용기를 내서 다가가 물었어요. 나도 끼워 줄래? 형들은 오마르를 한 번 쳐다보더니 그냥 웃었어요. 왜 웃는 걸까? 오마르는 의아했어요.

하는 수 없이 오마르는 다시 벤치로 돌아와 앉았어요. 너무 속상해서 눈물이 날 것 같았어요. 오마르는 다시 형들에게 다가가 용기를 내서 물었지만 형들은 또 거절했어요. 오마르는 결국 벤치에 앉았어요. 할머니가 오마르를 위로하며 짜던 스웨터를 오마르 몸에 대 보려고 했어요. 하지만 오마르는 스웨터는 안중에도 없었지요. 그런데 그때 신기한 장면을 보았어요. 어떤 아이가 희한한 풍선을 들고 있었어요. 풍선은 금발의 아저씨 모양이었는데 빨간 공책에 뭔가를 적고 있었어요. 공중에 붕 뜬 채로요. 풍선을 들고 있는 아이는 주변을 둘러보았어요. 공을 차던 형들도 그 모습을 보더니 공을 버려둔 채 입을 떡 벌리고 풍선 주변으로 모여들었어요. 다들 신기한 듯 사람 풍선을 들고 있는 아이를 따라갔죠. 오마르는 형들이 내버려둔 공을 봤어요. 그리고 공으로 다가갔지요. 공을 차던 형들을 쳐다봤지만, 형들은 신기한 광경에만 온통 정신이 팔린 상태였어요.

오마르는 두 번 고민하지 않았지요. 바로 공으로 달려가서 공을 차기 시작했어요. 공은 오마르의 발에 거의 붙어 있었어요. 오마르는 양쪽 발로 공을 잘 다뤘어요. 앞에 수비 선수가 있다고 상상했어요. 오마르는 빠른 드리블로 수비 선수를 제쳤어요. 다시 수비가 나타났어요. 수비 선수 뒤 아주 좁은 공간으로 공을 찬 후에 수비를 제치고 다시 공을 받아 몰았어요. 이제 골키퍼와 주심이 있어요. 축구장에 있는 모든 관중이 오마르를 응원하고 있었어요. 오마르는 골키퍼 바로 앞에 있어요. 오마르는 몸을 왼쪽으로 틀었다가 오른쪽으로 공을 찼어요. 공이 골대를 흔들어요. 고오오오오오오올! 오마르는 잔디밭에 미끄러지며 비행기 세리모니를 했어요. 관중들이 외치는 소리가 들렸어요. 골! 골! 고오오올!

물론 오마르의 눈엔 관중이 보이지 않았어요. 오마르는 눈으로 보는 게 아니라 마음으로 관중을 보고 있으니까요. 할머니가 스웨터를 흔들며 달려오는 것도 보이지 않았어요. 골을 외친 건 관중이 아니라 할머니였어요.

개와 고양이

　글래시즈는 황금색 털을 가진 멋진 개랍니다. 등에 큰 점이 하나 있고 눈 주변에도 작은 점이 있는데 마치 안경을 쓰고 있는 것처럼 보여요. 주인인 오스카처럼요. 글래시즈는 개가 할 수 있는 일 중에 가진 멋진 직업을 가지고 있어요. 바로 시각장애인인 오스카의 안내견 역할이지요. 둘은 매일 햇볕을 쬐러 공원에 나와요. 글래시즈는 훈련을 잘 받아서 언제나 임무를 훌륭하게 수행한답니다.

　하지만 가끔 아주 흥미로운 냄새를 맡을 때는 멈추기도 해요. 앞에 지나간 다른 개의 냄새나 누군가 버린 샌드위치 조각, 또는 고양이 냄새 같은 것들이요. 글래시즈는 고양이가 뭔지도 모르는데 그 냄새만 맡으면 정신을 못차려요. 고양이 냄새를 맡으면 글래시즈의 털들이 쭈뼛 곤두선다니깐요. 고양이라는 녀석을 실제로 만난다면 분명 무슨 일인가 일어나고 말 거예요.

　그리고 그런 불길한 예감은 언제나 틀리는 법이 없지요. 오스카와 글래시즈는 조용히 공원 인도를 걷고 있었어요. 그런데 갑자기 녀석이 나타난 거예요. 바로 그 고양이 녀석이요. 고양이 냄새를 맡으니 글래시즈는 어찌할 바를 모르고 흥분했어요. 마음 한편엔 지난 2년간 훈련받은 오스카에 대한 충성심이 있지요. 다른 한편엔 자기를 보자마자 도망가서 공원 울타리 밑에 숨어 버리는 고양이가 있었어요. 글래시즈는 그만 본능에 지고 말았어요. 글래시즈는 목줄을 맨 채로 고양이를 쫓아갔어요. 그 순간 오스카가 놀라서 소리치는 것도 듣지 못했죠.

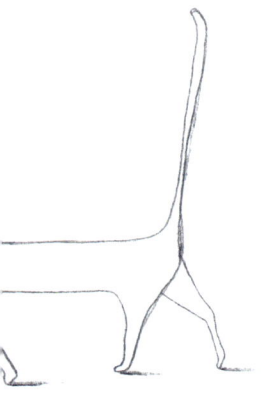

　그 고양이는 이름이 없었어요. 시장 사람들이 돌봐주곤 했는데 고약한 가게 주인은 용케 잘 피해 다녔지요. 다가가도 되는 사람과 안 되는 사람을 영리하게 잘 구분했거든요. 고양이는 사람을 무척 좋아했어요. 그건 부인할 수 없어요. 그래서 가끔은 공원에 가서 사람들에게 애교도 부리고 사람들이 주는 빵조각 같은 것도 얻어먹곤 했어요.

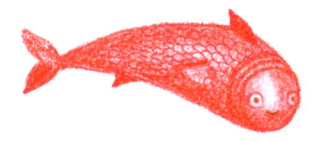

하지만 개들은 다 똑같았어요. 언제나 고양이를 물려고만 했지요. 그래서 글래시즈를 보는 순간 고양이는 전속력으로 도망갔어요. 오스카는 인도에 그냥 서서 글래시즈를 부르고 있었지요. 글래시즈는 오스카가 부르는 소리를 여전히 듣지 못했어요. 들었어도 고양이 때문에 어쩔 수 없었을 거예요. 글래시즈의 코와 귀는 이름 없는 고양이만 쫓아가고 있었으니까요.

고양이는 나무를 발견했어요. 망설임 없이 한 번의 점프로 나무를 타고 올라갔어요. 단단한 발톱 덕분에 나무를 오르는 건 식은 죽 먹기였어요. 글래시즈는 나무를 쳐다보며 짖었어요. 고양이는 나무를 잘 타는데 자기는 왜 나무를 탈 수 없을까 궁금해하면서요. 아직도 온 정신이 고양이에게만 쏠려 있었어요.

그때 오스카의 절망적인 목소리가 공원을 가로질러 고양이에게까지 들려왔어요. 나뭇가지 위에서 고양이는 오스카가 아무것도 못 하고 혼자 서 있는 것을 보았어요. 그 모습을 보고 고양이는 결심했어요. 발톱을 이용해서 천천히 나무를 타고 내려왔지요. 글래시즈는 그 모습을 못 믿겠다는 듯 보고 있었어요. 바로 자기 앞에 늘 자기를 흥분시키던 냄새의 주인공인 고양이가 서 있었으니까요. 글래시즈의 본능은 어서 고양이에게 달려들어 물라고 말했어요. 그런데 고양이가 도대체 왜 저렇게 가만히 있는지 알 수가 없었어요. 고양이가 곧 도망갈 것이라고 생각했지만 고양이는 전혀 그러지 않았거든요. 대신 등을 약간 구부린 채 귀를 뒤로 젖히고 글래시즈 앞에 가만히 서 있었어요. 그러다 이름없는 고양이는 글래시즈의 줄 한쪽을 입으로 물었어요. 그러곤 줄을 당기기 시작했어요. 글래시즈는 어쩔 줄 몰랐지만 결국 끌려가고 있었어요. 고양이는 글래시즈를 끌고 공원을 가로질러 갔어요. 글래시즈는 자기가 어디로 가고 있는지도 몰랐어요.

그런데 갑자기 오스카의 목소리가 들렸어요. 오스카다! 어떻게 오스카를 까맣게 잊고 있었을까? 글래시즈는 너무나 창피하고 미안한 마음에 바로 오스카에게 달려갔어요. 이번엔 글래시즈가 고양이를 끌고 가고 있었어요. 오스카는 글래시즈가 다가와 거의 바닥에 닿을 듯 머리를 낮추며 짖는 소리를 들었어요. 오스카는 전혀 목소리를 높이지 않았어요. 글래시즈의 머리와 목을 쓰다듬어 주었지요. 글래시즈는 그제야 오스카에게 다가가 손을 핥았어요.

오스카는 다시 목줄을 손에 쥐었고 둘은 산책을 계속했어요. 글래시즈는 계속 오스카를 쳐다보며 걸었어요. 이름 없는 고양이는 글래시즈와 오스카가 다시 함께 걸어가는 모습을 보며 잔디에 앉아 있었어요. 고양이는 만족스러운 표정이었어요. 고양이는 오스카를 믿을 수 있는 사람이라고 확신했어요. 그리고 저 개는… 글쎄요. 약간 멍청하긴 하지만 그래도 그렇게 나쁜 녀석은 아닌 것 같아요.

플루티스트와 참새

 율리안은 플루티스트예요. 키예프와 베를린에 있는 음악원에서 7년 동안 공부를 하고 이곳에 왔어요. 가끔 오케스트라에서 연주하지만 돈을 충분히 벌지는 못해요. 그래서 길거리에서 연주하며 돈을 받기도 해요. 율리안은 특히 공원에서 연주하는 걸 좋아해요. 율리안은 좀 특이한 생각을 하고 있어요. 음악가들은 음악을 만드는 것이 아니라 자연에서 빌려온다고 생각해요. 예를 들면 새 같은 동물한테서 빌려온다는 거죠. 하루는 공원에서 바람에 실려 날아간 음표를 새가 다시 가져다준 적이 있대요.

 그날 저는 공원에서 플루트로 비발디의 소나타를 연주하고 있었어요. 집에서 멀지 않은 공원인데 저는 그곳이 좋았어요. 그 공원에선 뭔가 재미있는 일이 벌어지거든요. 이따금 사람들 사이로 붉은 물고기가 지나다니는 게 보여요. 마치 공원이 바닷속인 양 유유히 헤엄쳐 다니지요. 하지만 거의 아무도 붉은 물고기를 못 보는 것 같아요. 그래도 가끔은 저처럼 알아보는 사람도 있어요. 붉은 물고기가 나타나는 순간엔 언제나 무슨 일이 생기거든요. 사소한 일일 수도 있지만 제게는 중요하답니다. 그리고 새들에게도 중요해요.

참새들은 제 연주를 무척 좋아해요. 제가 연주를 하면 언제나 나무 위에 가만히 앉아 음악을 감상하거든요. 저도 새들을 청중으로 존중한답니다. 사람들은 대부분 음악을 작곡가가 만들었다고 생각하지만 그건 사실이 아니에요. 작곡가는 삶의 소리를 잘 듣는 것뿐이랍니다. 공원에서도 비발디의 음악은 새들이 지저귀는 소리, 바람 소리, 사람들의 웃음소리, 아이들이 외치는 소리, 그리고 연인들이 속삭이는 소리를 듣는 것과 같아요. 음악은 삶의 현장으로부터 나오지요. 그래서 비발디를 연주할 때는 삶이 제가 연주하는 음악 속으로 들어오게 하려고 노력해요.

　며칠 전에도 붉은 물고기를 봤어요. 늘 공원에 나타나지는 않지만 그날 오후에는 공원에 나타났어요. 그래서 무슨 일인가 생길 거라고 생각했죠. 비발디를 느끼며 연주했어요. 새들이 다가왔어요. 뭔가를 쪼아 먹기 위해서가 아니라 제 음악을 듣기 위해 땅으로 내려앉았어요. 곡이 클라이맥스로 치닫고 있을 때 고양이 한 마리가 지나갔고 곧이어 시각장애인 안내견 한 마리가 고양이를 쫓아갔어요. 그 개는 특별한 끈을 매달고 있었는데 그것 때문에 시각장애인 안내견이라는 걸 알 수 있었죠. 새들은 놀라서 재빨리 날아올라서는 나뭇가지에 자리를 잡았어요. 곧 다시 땅으로 내려오기는 했지만요. 새 한 마리가 제 플루트의 끝에 앉았어요. 음악을 듣고 있던 사람들도 그 모습을 보고 저만큼이나 놀랐어요.

　저는 어느 때보다도 멋지게 연주했어요. 음표들이 공중에 아주 또렷하고 정확하게 색칠을 하는 것 같았어요. 참새의 깃털들이 음표 하나하나를 따라 일어서는 것 같았어요. 그런데 갑자기 바람이 불어왔어요. 그러곤 음표 하나를 가져가 버렸죠. 비발디 곡에서는 아주 중요한 음표였어요. 하지만 제 플루트의 끝에 앉아있던 참새가 날려간 음표를 따라가서는 공중에서 낚아챘어요. 그러곤 다시 플루트의 끝으로 돌아와 앉았죠. 음표는 다시 제자리를 찾았어요. 사람들은 손뼉을 쳤어요. 비발디 곡이 좋아서였는지, 제 연주가 좋았는지, 아니면 참새를 보고 손뼉을 쳤는지는 잘 모르겠어요. 하지만 박수 소리는 완벽했죠. 사람들의 박수 소리가 음악을 완성한 느낌이랄까요. 저는 행복에 겨워 미소를 지었어요. 그리고 붉은 물고기가 공원을 떠나는 모습을 보았어요.

　저는 다시 이 공원에 놀러 올 거예요. 가능한 매일요. 참새들도 제 연주를 들으러 다시 오면 좋겠어요. 그리고 붉은 물고기도 다시 나타나 주면 좋겠지요? 그래야 뭔가 멋진 일이 일어나니까요.